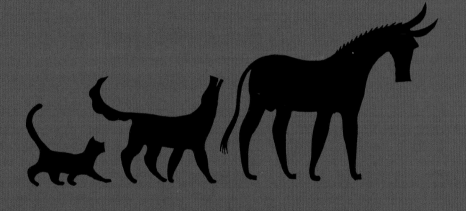

First published in the United States in 2005 by Chronicle Books LLC.

Bilingual version supervised by SUR Editorial Group, Inc.
English translation by Elizabeth Bell.
Book design by Brooke Johnson.
Typeset in Weiss and Handle Old Style.
Manufactured in Hong Kong.

Library of Congress Cataloging-in-Publication Data

Ros, Roser.
[Musics de Bremen. English & Spanish]
The Musicians of Bremen = Los músicos de Bremen: A Bilingual Book! / adaptation by Roser Ros; illustrated by Pep Montserrat.
p. cm.
Summary: While on their way to Bremen, four aging animals who are no longer of any use to their masters find a new home after outwitting a gang of robbers.
ISBN 0-8118-4795-0 (hc); ISBN 0-8118-4796-9 (pbk)
[1. Fairy tales. 2. Folklore—Germany. 3. Spanish language materials—Bilingual.] I. Title: Músicos de Bremen. II. Montserrat, Pep, ill. III. Bremen town musicians. English & Spanish. IV. Title.
PZ74.R67 2005
398.2—dc22
2004017403

Distributed in Canada by Raincoast Books
9050 Shaughnessy Street, Vancouver, British Columbia V6P 6E5

10 9 8 7 6 5 4 3 2 1

Chronicle Books LLC
85 Second Street, San Francisco, California 94105

www.chroniclekids.com

THE MUSICIANS OF BREMEN

LOS MÚSICOS DE BREMEN

ADAPTATION BY ROSER ROS

ILLUSTRATED BY PEP MONTSERRAT

chronicle books · san francisco

Once there was a donkey who had spent his life serving his master. When he was no longer strong enough for the hardest jobs, his master turned him out on his ear.

"Hee-haw! What an ingrate!" said the donkey. "But nothing gets me down, not even this."

So the donkey, who fancied himself a specialist in brayings, bleatings and other noises, decided to go off and seek a job as a musician in the city band of Bremen.

And off he went, singing at the top of his lungs.

Érase una vez un asno que había pasado toda su vida sirviendo. Cuando ya no sirvió para los trabajos más duros, el amo lo apartó de su lado.

—¡Ahihá! ¡Ahihá! ¡Qué ingrato! —dijo el asno—. Pero a mí, no me deprime ni eso ni nada.

Y el asno, que se tenía por un gran especialista en rebuznos, balidos y otros ruidos, decidió partir y buscar trabajo como músico en la banda municipal de la ciudad de Bremen.

Y dicho y hecho, el animal echó a andar cantando a pleno pulmón.

A short while later he met a dog.

"Bow-wow, bow-wow!" said the dog. "All my life I've served my master and now here I am, tossed aside as if I were nothing but an old rag!"

"Hee-haw! Hee-haw!" said the donkey. "I'm old too just like you. And your master is as hard-hearted as mine. But stop moaning! Come with me to Bremen!"

"To Bremen?"

"Yes indeed! To join the city band."

And thus—clip clop, trit trot—the dog and the donkey went off singing.

Poco después, el asno se encontró con un perro.

—¡Guaaau, guaaau! —dijo el perro—. ¡Toda la vida la he pasado al servicio de mi amo y aquí me ves ahora, abandonado como si no fuera más que un trapo viejo!

—¡Ahihá! ¡Ahihá! Soy igual de viejo que tú —contestó el asno—. Y tan caradura es tu amo como el mío. ¡Pero, deja ya de lamentarte! ¡Vente conmigo a Bremen!

—¿A Bremen?

—¡Sí, hombre! Para formar parte de la banda municipal.

Y así, anda que te andarás, el asno y el perro se fueron cantando.

A little way down the road, the donkey and the dog came upon a cat.

"Meow!" howled the cat. "I've been betrayed! Now that I'm no longer any good for chasing rats, my mistress doesn't want me anymore!"

"We know just how you feel!" said the donkey. "But listen, what good is it to howl and moan? Come with us to Bremen!"

And so—pit pat, trit trot, clip clop—the donkey, the dog and the cat set out together singing.

Algo más adelante, el asno y el perro tropezaron con un gato.

—¡Marramiaaau, me han traicionaaau! —aulló el gato—. Como ya no sirvo para cazar ratones, ¡mi ama ya no me quiere! ¡Marramiaaau!

—¡Vaya, te acompañamos en el sentimiento! Pero, dinos, ¿de qué sirve chillar y llorar? ¡Vente con nosotros a Bremen!

Y así, canta que te canta, anda que te andarás, el asno, el perro y el gato siguieron su camino cantando.

Shortly thereafter they met a rooster who was complaining at the top of his lungs.

"Cock-a-doodle-doo!"

"What's happened to you?" said the donkey.

"Oh, nothing," said the rooster, "except my mistress wants to make soup out of me, and if I don't watch out I'll end up in her cookpot. Cock-a-doodle-doo, it's true, it's true!"

"Does this sound familiar, friends?" said the dog. "What do you say we invite him to come along with us to Bremen?"

"Yes," said the cat, "let's do, mew-mew!"

And thus it was—flip flap, pit pat, trit trot, clip clop—that the donkey, the dog, the cat and the rooster set off toward Bremen singing.

Poco después se encontraron con un gallo que se quejaba a grito pelado.

—¡Quiquiriquí! ¡Quiquiriquí!

—¿Se puede saber qué te ocurre? —preguntó el asno.

—Pues nada, —contestó el gallo—, que mi ama quiere meterme en el caldo y, si no me espabilo, acabaré en la olla. ¡Quiquiriquí, claro que sííí!

—¿Os suena a algo eso, amigos? —dijo el perro—. ¿Qué os parece si lo invitamos a seguir con nosotros hacia Bremen?

—Sí, sí –dijo el gato—, ¡marramiaaau, miaaau, miaaau!

Y así fue como, trota trotando, canta que te canta, y anda que te andarás, el asno, el perro, el gato y el gallo dirigieron sus pasos hacia la ciudad de Bremen.

After walking a long way, they came to a very thick forest. As it was now the dark of night and they had no wish to spend it outdoors, the rooster flew up into a tree to see if he could find a way out of the woods.

"Cock-a-doodle-day! There's light not far away!"

"Bow-wow-wow! Hurry, hurry, let's go now!"

"Mew-mew! I'm with you!"

"Haw-hee! Wait for me!"

Después de mucho andar llegaron a un bosque muy espeso. Y como fuese que era negra noche y no les hacía gracia pasarla a la intemperie, el gallo se subió a un árbol para ver si desde lo alto se divisaba alguna manera de salir del bosque.

—¡Quiquiriquí! ¡Quiquiriquí! ¡Veo una lucecita allííí!

—¡Guaaau, guaaaau! ¿Qué esperamos? ¡Vamos, vamos!

—¡Miaaau, miaaau! ¡Qué bien has hablaaau!

—¡Ahihá! ¡Yo ya voy para allá!

When they came to the house, the donkey looked through the window. Inside was a table holding mountains of food and barrels of drink.

Said the cat, "Meow, meow! Let's go in right now!"

"We shouldn't be hasty!" said the donkey. "I think I hear something."

"Ruff, ruff! We've waited long enough! I have an idea. Donkey, let me get up on your back. Then you, cat, climb on top of mine."

"Cock-a-doodle-doo! Me too, me too! I'll fly up and sit atop your head, cat."

Cuando llegaron a la casita en el bosque, el asno se acercó a la ventana. Adentro vio una mesa muy cumplida con mucha comida y tanta más bebida.

—¡Miaaau, miaaau! ¿Qué tal si entramos y nos lo comemos todo?

—¡No vayamos a precipitarnos! —dijo el asno—. ¡Oigo algo!

—¡Guaaau, guaaau! ¡Basta ya de perder tiempo! Tengo una idea. Asno, déjame subirme encima de ti. Luego tú, gato, te encaramarás encima de mí.

—¡Sííí, sííí, quiquiriquí! Luego yo, de un vuelo, me posaré encima de tu cabeza, gato.

Once each animal had taken its assigned place, the four of them set up a ruckus:

"Bow-wow! Bow-wow!"

"Hee-haw! Hee-haw!"

"Cock-a-doodle-doo! Cock-a-doodle-doo!"

"Meow-meow, mew-mew!"

It turned out the donkey was right; he had heard something. Inside the house was a band of thieves who had used their ill-gotten riches to buy themselves a lavish feast. But hearing the awful ruckus outside, the thieves thought that the townsfolk had set upon them, and they all ran away.

Una vez que cada animal hubo ocupado el lugar que se le había adjudicado, los cuatro lanzaron su grito:

—¡Guaaau! ¡Guaaau!

—¡Ahihá! ¡Ahihá! ¡Ahihá!

—¡Quiquiriquí! ¡Quiquiriquí!

—¡Miau, marramiaaau, miau, miau!

El asno tenía razón: había oído algo. Dentro de la casita había una banda de ladrones que con su botín se habían comprado un festín suculento. Pero los ladrones, al oír tal griterío afuera, creyeron que los aldeanos se les habían echado encima y se dieron a la fuga.

Then the four friends—dog, donkey, rooster and cat—went inside the house, where they found every sort of delicacy they could possibly want. They gobbled everything up in a trice.

"Cock-a-doodle-deed, wasn't that a feed!"

"Meow-meow-meow, that's what I call chow!"

"Hee-haw-hum, yum yum yum!"

"Bow-wow, and how!"

And in less time than it takes for a rooster to crow, they had left the table as clean and bare as if there had never been a crumb of food upon it.

Entonces los cuatro amigos, el perro, el asno, el gallo y el gato, entraron en la casa y allí encontraron manjares de toda índole. Se lo zamparon todo en un santiamén.

—¡Quiquiriquí, vaya si comííí!

—¡Miaaau, marramiaaau! Cómo me ha gustao . . .

—¡Ahiháñam! ¡Ahiháñam!

—¡Guaaauglup! ¡Guaaaugluuup!

En menos que canta un gallo dejaron la mesa tan limpia y tan vacía como si allí jamás hubiera habido comida alguna.

After their enormous meal, the four animals decided to enjoy a good nap. The donkey lay down near the porch:

"Hee-haw! Hee . . . zzzzzzzzz."

The dog lay down behind the door and gave a satisfied snore:

"Ruff, rrffffffffffffffff."

The cat settled in by the stove and purred sagely:

"Mrrr, mrrrrrrrrrr!"

As for the rooster, he had flown up on the lamp and was muttering, half dozing:

"Drk-a-drdle-dooze, time for a snooze!"

And off to sleep they went.

Después de aquella comilona, los cuatro animales decidieron regalarse una buena siesta. El asno se colocó junto al porche.

—¡Ahiháfff! ¡Ahiháfff! ¡Ahiháfff!

El perro, detrás de la puerta, roncaba que daba gusto:

—¡Guaaauffs! ¡Guaaaaufffs!

El gato se instaló en la hornilla y desde allí roncaba sabiamente:

—¡Miaaaaurrrfff! ¡Miaaaaurrrfff!

El gallo, por su parte, se había encaramado a la lámpara y cacareaba medio dormido:

—¡A dormiiir, sííí! ¡A dormiiir, sííí!

Así que, eso, ¡a dormir!

In the meantime, the thieves were left without food or shelter, and the cold night was coming on. So when they saw that the lights of the house had gone out, the leader of the band sent one of the thieves over to have a look, to see if they might safely return.

The man entered by the kitchen door. But his footsteps wakened the cat, who began to scratch him. The thief, terrified, tried to flee, but the dog sank his teeth into his leg. Wailing, the man ran toward the porch and encountered the donkey, who gave him a kick that sent him nearly to the North Pole. In the midst of the pandemonium the rooster began to crow, as though sounding a war cry:

"Cock-a-doodle-doooo! Cock-a-doodle-doooo!"

⌣

Entre tanto, los fugitivos se habían quedado sin comida y sin techo, y la noche se avecinaba fría. Así que, al ver que las luces de la casa se habían apagado, el que mandaba la banda envió a uno del grupo a que echase un vistazo para asegurarse así un posible retorno sin peligros.

El hombre entró por la cocina. Pero el ruido de sus pasos despertó al gato, que empezó a arañarlo por todas partes. El ladrón, asustadísimo, quiso huir, pero el perro le pegó un mordisco en la pierna. Gimiendo, el hombre se dirigió hacia el porche, donde le estaba esperando el asno, que le recibió con una patada que casi lo manda al Polo Norte.

En medio de la algarabía, el gallo empezó a cacarear, como lanzando un grito de guerra:

—¡Quiquiriquí! ¡Quiquiriquí!

The thief ran for his life. And when he made it back to the spot where his companions were waiting, it was all he could do to gasp out these words:

"There's a horrid witch in the house who clawed me with her long, sharp nails! And her servant stabbed me in the leg with a knife. Then a fearsome, furry monster gave me a tremendous kick. And all the while the witch was shrieking, 'Chop the crook in two!' Don't go near that house—it's bewitched!"

And so it came to pass that the four friends stayed and lived in the house for good. And the townsfolk of Bremen are still waiting for them to arrive.

El ladrón se largó a todo correr. Y cuando pudo alcanzar el lugar donde le esperaban sus compañeros, sólo pudo proferir estas palabras:

—Hay una horrible bruja en la casa que me ha arañado con sus uñas larguísimas y afiladas! Y su criado me clavó un cuchillo en la pierna. Luego un monstruo peludo y espantoso me dio una patada tremenda. Y todo el tiempo la bruja no decía más que "¡Traédmelo aquí!" ¡No os acerquéis a esa casa, que está embrujada!

Y así fue como los cuatro amigos se quedaron a vivir en la casa para siempre. Y en Bremen, todavía les están esperando.

Also in this series:

Cinderella ✦ Goldilocks and the Three Bears ✦ Hansel and Gretel ✦ Jack and the Beanstalk
The Little Mermaid ✦ Little Red Riding Hood ✦ The Princess and the Pea
Puss in Boots ✦ The Sleeping Beauty ✦ Thumbelina ✦ The Ugly Duckling

 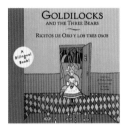  

 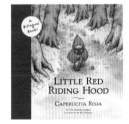 

También en esta serie:

Cenicienta ✦ Ricitos de Oro y los tres osos ✦ Hansel y Gretel ✦ Juan y los frijoles mágicos
La sirenita ✦ Caperucita Roja ✦ La princesa y el guisante ✦ El gato con botas
La bella durmiente ✦ Pulgarcita ✦ El patito feo